JN017936

野生のアイリス
The Wild Iris

ルイーズ・グリュック
Louise Glück

野中美峰 翻訳
Translated by Miho Nonaka

KADOKAWA

THE WILD IRIS

Japanese translation published by arrangement with Louise Glück
c/o The Wylie Agency (UK), Ltd. through The English Agency (Japan) Ltd.

野生のアイリス

THE WILD IRIS

キャスリン・デイヴィス、

メレディス・ホッピン、

デイヴィッド・ラングストンに。

ジョンとノアに。

野生のアイリス　もくじ
THE WILD IRIS : Contents

野生のアイリス

苦しみの果てに
扉があった。

わたしの話を最後まで聞いて。あなたが死と呼んでいるものを
わたしは憶えている。

頭上の騒音、松の枝の揺れるざわめき。
そしてすべてが静まり返った。弱い陽の光が
乾いた地面でちらちらした。

暗い地中に埋められたまま
意識として
生き続けるという残酷。

そして固い地が傾いで、
魂でありながら
話すことのできなかった恐怖の時間は
突然終わり、鳥のようなものが
低木の茂みをさっと飛び交うのが見えた。

もう一つの世界からの帰路を
思い出せないあなたへ
わたしは告げよう、わたしは再び話すことができた、と。
忘却から蘇るものはみな
声を見つけるのだ、と。

わたしの命の源から
湧き上がった泉が、空色の海の上に
深い青の影を落とした、と。

THE WILD IRIS

At the end of my suffering
there was a door.

Hear me out: that which you call death
I remember.

Overhead, noises, branches of the pine shifting.
Then nothing. The weak sun
flickered over the dry surface.

It is terrible to survive
as consciousness
buried in the dark earth.

Then it was over: that which you fear, being
a soul and unable
to speak, ending abruptly, the stiff earth
bending a little. And what I took to be
birds darting in low shrubs.

You who do not remember
passage from the other world
I tell you I could speak again: whatever
returns from oblivion returns
to find a voice:

from the center of my life came
a great fountain, deep blue
shadows on azure seawater.

朝の祈り

太陽は輝き、二手に分かれた白樺の木の新芽が
郵便受けのそばで、魚のひれのような折り目を見せている。
その下には、白い水仙──アイスウィングやカンタトリーチェの空洞の茎、
野生のスミレの黒みがかった葉。
鬱病持ちは春を嫌うんだって、とノアがいう。
内面と外の世界のバランスが崩れるから。自分は違う、と
わたしは反論する──落ち込んでいても、生きている木に
ある種激しい愛情を感じるわ、この体を実際
割れた幹に丸めて、ほとんど安らかな気持ちで、夕立の中
樹液が泡立ち上昇するのを
感じ取れる気がする。そこが鬱病持ちの間違いなんだよ、と
ノアはいう。木と
共感しようだなんて。幸せな心は
落ち葉のように庭を彷徨うものなんだ。全体よりも
その一部であることに満足して。

MATINS

The sun shines; by the mailbox, leaves
of the divided birch tree folded, pleated like fins.
Underneath, hollow stems of the white daffodils, Ice Wings, Cantatrice; dark
leaves of the wild violet. Noah says
depressives hate the spring, imbalance
between the inner and the outer world. I make
another case——being depressed, yes, but in a sense passionately
attached to the living tree, my body
actually curled in the split trunk, almost at peace, in the evening rain
almost able to feel
sap frothing and rising: Noah says this is
an error of depressives, identifying
with a tree, whereas the happy heart
wanders the garden like a falling leaf, a figure for
the part, not the whole.

朝の祈り

手には届かないお父さま、はじめ
わたしたちが天から追放された時、あなたは
その複製をお創りになりました。天とはある意味異なる、
教訓を学ぶための場所——どちらを向いても
かけがえのない美に溢れていることに
変わりはなかったけれど——ただ
その教訓が何なのか、わたしたちは知る由もありませんでした。二人きり
残されたわたしたちは、お互いを疲労させ、すり減らしました。
暗闇の月日が流れ、わたしたちは順番に
庭で働き続けました。わたしたちの目が初めて
涙でいっぱいになったのは、
くすんだ赤や肉の色をした花びらが
地を潤すように現れた時でした——
あなたのことなど思い出しもしない時間の中で、
わたしたちはあなたを讃えることを学んでいたのです。
愛を返してくれるものしか
愛さない、というのが人間の性質ではない、
それだけをわたしたちは知っていました。

MATINS

Unreachable father, when we were first
exiled from heaven, you made
a replica, a place in one sense
different from heaven, being
designed to teach a lesson: otherwise
the same——beauty on either side, beauty
without alternative—— Except
we didn't know what was the lesson. Left alone,
we exhausted each other. Years
of darkness followed; we took turns
working the garden, the first tears
filling our eyes as earth
misted with petals, some
dark red, some flesh colored——
We never thought of you
whom we were learning to worship.
We merely knew it wasn't human nature to love
only what returns love.

エンレイソウ ※

目覚めるとわたしは森にいた。自然な
暗がり。幾重もの光を帯びた
松の木々の間から覗く空。

何も知らないわたしにできたのは、見ることだけ。
そうして見ていると、天のあらゆる光が
次第に一つになり、涼しいモミの木陰を突き通って
燃え盛る炎になった。
こうなるともう
自分を壊されずに天を見つめるのは不可能だった。

わたしに護りが必要なように、死の存在が
なくてはならない魂もあるのかしら？
このままずっと話し続けたら
答えを見つけられる気がする。
そんな魂の見ている何か、木々の間に
伸びた梯子、命を引き換えにするよう
呼びかけている何ものかが見える気がする——

わたしがすでに何を理解したか考えてもみて。
森で目覚めた時はまったくの無知だった。
声が与えられるなら、自分の声が
こんなに悲しみに満ちたものになるなんて、叫びを
つないだような文章になるなんて
ついさっきまでは知らなかった。
悲しみという言葉がやってくるまで、自分がそれを
感じるということすら知らなかった。雨がこうして
わたしから滴り落ちるのを感じるまでは。

※ 山林の湿度のある日陰を好み、白や褐色がかった紫の小さな花を咲かせる。

TRILLIUM

When I woke up I was in a forest. The dark
seemed natural, the sky through the pine trees
thick with many lights.

I knew nothing; I could do nothing but see.
And as I watched, all the lights of heaven
faded to make a single thing, a fire
burning through the cool firs.
Then it wasn't possible any longer
to stare at heaven and not be destroyed.

Are there souls that need
death's presence, as I require protection?
I think if I speak long enough
I will answer that question, I will see
whatever they see, a ladder
reaching through the firs, whatever
calls them to exchange their lives——

Think what I understand already.
I woke up ignorant in a forest;
only a moment ago, I didn't know my voice
if one were given me
would be so full of grief, my sentences
like cries strung together.
I didn't even know I felt grief
until that word came, until I felt
rain streaming from me.

オドリコソウ

冷たい心の持ち主はこうして生きるの、
わたしのように。陰に包まれ、ひんやりした岩を這って、
りっぱなカエデの木の下で。

太陽に触れられるのは稀。
春のはじめ、ずっと遠くから昇ってくるのを見かけても、
やがて葉が生い茂り、すべてを隠してしまう。葉の間からこぼれる
きらめきを感じることはあっても、それはいかにも不規則で、
まるで誰かがコップの横を金属のスプーンで叩いているよう。

生きるものみな同じだけの光を
必要としているわけではないわ。わたしたちみたいに
自分自身の光を作るものもいる。銀色の葉は
誰も通れない小道のよう、大きなカエデの陰に隠れた
浅い銀のみずうみのよう。

でもあなた、そんなことは知っていたでしょう。
自分は真実のために生きている、だから
すべて冷たいものを愛している、と思っている
あなたたちのような人間なら。

LAMIUM

This is how you live when you have a cold heart.
As I do: in shadows, trailing over cool rock,
under the great maple trees.

The sun hardly touches me.
Sometimes I see it in early spring, rising very far away.
Then leaves grow over it, completely hiding it. I feel it
glinting through the leaves, erratic,
like someone hitting the side of a glass with a metal spoon.

Living things don't all require
light in the same degree. Some of us
make our own light: a silver leaf
like a path no one can use, a shallow
lake of silver in the darkness under the great maples.

But you know this already.
You and the others who think
you live for truth and, by extension, love
all that is cold.

スノードロップ※

わたしが何だったか、どんな風に生きてきたかご存じですか？
絶望が何かを知っているあなたになら
冬という季節は意味があるはず。

地に押さえつけられて、
生き延びられると思わなかった。
再び目覚めるとは思えなかった。湿った地中で
再び体が反応しているのを感じたり、
こんなに長い時間のあとで
再び、春、最初の
冷たい光の中
自分を開くことを思い出すなんて——

この新しい世界の身を切るような風の中、
恐怖を覚えつつ、でも、再びあなたがたの間で

喜びというリスクを冒すことに、イエス、と叫びながら。

※別名マツユキソウ

SNOWDROPS

Do you know what I was, how I lived? You know
what despair is; then
winter should have meaning for you.

I did not expect to survive,
earth suppressing me. I didn't expect
to waken again, to feel
in damp earth my body
able to respond again, remembering
after so long how to open again
in the cold light
of earliest spring——

afraid, yes, but among you again
crying yes risk joy

in the raw wind of the new world.

晴れた朝

もう十分長いことお前たちを見てきた。
わたしは自分の好きなようにお前たちに話せるのだ──

今までお前たちの好みに従い、その大事にしているものを
辛抱強く観察し、お前たちの望み通り

地上のこまごました事象を通してのみ
語りかけてきた──

青いクレマチスの
巻きひげや、

夕暮れの光──
わたしのような声を

お前たちは決して受け入れないだろう、感嘆のあまり
小さな口を丸くしたお前たちが

せっせと名づける一つひとつのものに
無関心なわたしの声を──

これまでずっと
お前たちの欠点を大目に見てきた。遅かれ早かれ

その弱さを自分で改めるだろうと思っていたから、
ポーチの窓をクレマチスが青い花で覆ってしまうように

地上の物事がお前たちの関心を
いつまでも独占していることはないだろうと──

わたしはもう
イメージのみで語ろうとはしない。

お前たちが、わたしの意味に
異を唱えるのが自分の権利だと思わぬよう

今はっきりと
理解させなくてはならない。

CLEAR MORNING

I've watched you long enough,
I can speak to you any way I like——

I've submitted to your preferences, observing patiently
the things you love, speaking

through vehicles only, in
details of earth, as you prefer,

tendrils
of blue clematis, light

of early evening——
you would never accept

a voice like mine, indifferent
to the objects you busily name,

your mouths
small circles of awe——

And all this time
I indulged your limitation, thinking

you would cast it aside yourselves sooner or later,
thinking matter could not absorb your gaze forever——

obstacle of the clematis painting
blue flowers on the porch window——

I cannot go on
restricting myself to images

because you think it is your right
to dispute my meaning:

I am prepared now to force
clarity upon you.

春の雪

夜空を見上げなさい。
わたしには二つの顔と、二種類の力がある。

わたしはこの窓辺にいて
お前の反応を見ている。昨日
月は、低い庭の湿った土の上に昇った。
今、地上は月のように輝いている、
命のない物質が光の皮で覆われたように。

もう目を閉じてよろしい。
わたしはお前の叫びを、お前以前の人々の叫びを、
その背後に潜む要求を聞いた。
そして、示した――お前たちが欲しているのは
信じることではなく、暴力による
権力への服従だ、ということを。

SPRING SNOW

Look at the night sky:
I have two selves, two kinds of power.

I am here with you, at the window,
watching you react. Yesterday
the moon rose over moist earth in the lower garden.
Now the earth glitters like the moon,
like dead matter crusted with light.

You can close your eyes now.
I have heard your cries, and cries before yours,
and the demand behind them.
I have shown you what you want:
not belief, but capitulation
to authority, which depends on violence.

冬の終わり

静寂の世界に、黒い枝の間で
独り目覚めた鳥が鳴く。

生まれたがったお前たちを、わたしは生まれさせた。
かつてわたしの悲しみが
お前たちの楽しみを邪魔したことがあっただろうか?

感覚の刺激を求めて、お前たちは
光と闇に
同時に飛び込み

自分が才気と明るさに満ちた
新しいものであるかのように

振る舞っていた。

このことで何かが犠牲になろうとは
想像だにせず、
わたしの声が自分の一部だと信じて
疑いもせず——

次の世界で、わたしの声は
もうはっきりとは聞こえない。
鳥のさえずりや人間の叫びの中にそれはなく、

鮮明な音にもならず、ただ
さようなら、さようならを意味するすべての音が
絶え間なくこだまして

わたしたちを互いに縛りつけ
どこまでも続く一本の線になる。

END OF WINTER

Over the still world, a bird calls
waking solitary among black boughs.

You wanted to be born; I let you be born.
When has my grief ever gotten
in the way of your pleasure?

Plunging ahead
into the dark and light at the same time
eager for sensation

as though you were some new thing, wanting
to express yourselves

all brilliance, all vivacity

never thinking
this would cost you anything,
never imagining the sound of my voice
as anything but part of you——

you won't hear it in the other world,
not clearly again,
not in birdcall or human cry,

not the clear sound, only
persistent echoing
in all sound that means goodbye, goodbye——

the one continuous line
that binds us to each other.

朝の祈り

あなたを愛している、ともしもわたしがいったらお許し下さい。
弱い者はしょっちゅうパニックに駆られて
力ある者に嘘をつきます。わたしは
想像のつかないものを愛せませんし、あなたは実際
ご自分について何も明らかにされません。あなたはいつも同じ場所で
同じように生えているサンザシの木のようなお方でしょうか、
それとも、はじめはヒナギクの裏の斜面にピンクの穂を突き出して、
次の年にはバラ園で紫の花を咲かせる
キツネノテブクロのように気まぐれなお方でしょうか？　ご自分が
キツネノテブクロ、サンザシの木、傷つきやすいバラ、タフなヒナギク、
それらすべてのものであるとわたしたちに信じさせようとして
無言を貫かれるのは何の役にも立ちません──わたしたちは
あなたなんて存在しないと思ってしまうのですから。あなたは
わたしたちにその不在を信じろというのでしょうか、だから
朝は静けさに満ちているのでしょうか、
コオロギがまだ羽を擦り合わせる前、猫が
庭で喧嘩をしていない朝の時間は？

MATINS

Forgive me if I say I love you: the powerful
are always lied to since the weak are always
driven by panic. I cannot love
what I can't conceive, and you disclose
virtually nothing: are you like the hawthorn tree,
always the same thing in the same place,
or are you more the foxglove, inconsistent, first springing up
a pink spike on the slope behind the daisies,
and the next year, purple in the rose garden? You must see
it is useless to us, this silence that promotes belief
you must be all things, the foxglove and the hawthorn tree,
the vulnerable rose and tough daisy——we are left to think
you couldn't possibly exist. Is this
what you mean us to think, does this explain
the silence of the morning,
the crickets not yet rubbing their wings, the cats
not fighting in the yard?

朝の祈り

あなたとの関係は、まるで白樺を相手にしているよう、
あなたと個人的に話すことは
叶わないのですね。わたしたちの間には
それはたくさんのことがありました。それとも
あれはいつでもわたしの一方的な
思い込みだったのかしら？　もちろん
わたしが間違っていたのです、あなたに
人間のようになってもらおうだなんて——かまってほしい気持ちが
他の人より強いわけではないのです。でも
あなたにはすべての感情が欠落していて、わたしに
少しの関心も示して下さらないというのなら——前世の自分が
そうしたように、このままずっと木に話しかけて
生きていく方がましなのかもしれません。白樺の
したいようにさせればいいのです。尖った黄色の葉を
降らせ、わたしをすっかり覆い隠し、
ロマン派の詩人たちと一緒に
埋めてしまえばいい。

MATINS

I see it is with you as with the birches:
I am not to speak to you
in the personal way. Much
has passed between us. Or
was it always only
on the one side? I am
at fault, at fault, I asked you
to be human——I am no needier
than other people. But the absence
of all feeling, of the least
concern for me——I might as well go on
addressing the birches,
as in my former life: let them
do their worst, let them
bury me with the Romantics,
their pointed yellow leaves
falling and covering me.

シラー ※

わたし、じゃないでしょ、お馬鹿さん、自己じゃないの、わたしたちよ——
天国の批判みたいな
スカイブルーの花の波。あなたはなぜ
自分の声を大事にするの、
個であることは
無に等しいというのに？
どうしてあなたは見上げるの？　神の声のような
残響を聞くため？　わたしたちにとって
あなたたちはどれも同じ、
独り寂しくわたしたちの上に立って、愚かな自分の
人生を計画している。あなたは
他のすべてと同じように、遣わされたところへ行き
風に植えられるというのに。
たまたまそこでずっと下を向いて
水のイメージを見ているあなたに
何が聞こえるの？　波の音、
そして波の上で歌う鳥の声。

※青紫や水色の釣り鐘状の小花を咲かせる球根植物。

SCILLA

Not I, you idiot, not self, but we, we——waves
of sky blue like
a critique of heaven: why
do you treasure your voice
when to be one thing
is to be next to nothing?
Why do you look up? To hear
an echo like the voice
of god? You are all the same to us,
solitary, standing above us, planning
your silly lives: you go
where you are sent, like all things,
where the wind plants you,
one or another of you forever
looking down and seeing some image
of water, and hearing what? Waves,
and over waves, birds singing.

去りゆく風

創造のはじめ、わたしはお前たちを愛していた。
今はお前たちを哀れんでいる。

必要はすべて満たしてやった、
地のベッド、青い大気の毛布——

遠ざかることで
わたしにはお前たちがもっとはっきり見える。
他愛ないお喋りを繰り返す
小さな魂は今ごろ、限りなく
広く深いものになっているはずだったのに——

わたしはあらゆる贈り物をした、
春の朝の青、
お前たちがその使い方を知らなかった時間——
それでも飽き足らず、お前たちは
別の被造物のためのもう一つの贈り物を欲しがった。

お前たちが何を望んだにせよ、
成長を続ける植物と共に
庭にとどまることはできない。
人生は草花のように繰り返されはしない。

お前たちの命は、沈黙に始まり沈黙に終わる
鳥の飛翔だ——
白樺から林檎の木に向かって
描かれた弧のように
*始*まりがあり、*終*わりがある。

RETREATING WIND

When I made you, I loved you.
Now I pity you.

I gave you all you needed:
bed of earth, blanket of blue air——

As I get further away from you
I see you more clearly.
Your souls should have been immense by now,
not what they are,
small talking things——

I gave you every gift,
blue of the spring morning,
time you didn't know how to use——
you wanted more, the one gift
reserved for another creation.

Whatever you hoped,
you will not find yourselves in the garden,
among the growing plants.
Your lives are not circular like theirs:

your lives are the bird's flight
which begins and ends in stillness——
which *begins* and *ends*, in form echoing
this arc from the white birch
to the apple tree.

庭

わたしにはもう一度できなかった。
その光景を見ることすら辛い——

小雨の降る庭で
若い夫婦が
エンドウの苗を一列植えている、まるで
誰も今までこんなひどい困難に
直面し、解決したことなど
なかったとでもいうように——

新鮮な土を踏みしめ、
先の見えないまま歩き出す彼らには
自分自身が見えていない。
背後には、花で煙るようなうす緑の丘——

女は休みを求め、
男は早く最後まで植えるために
働き続けようとする——

彼女をごらん、休戦の合図に
春の雨に冷えた指で
彼の頬に触れている。
まばらな草の間に、弾けるように咲いた紫のクロッカス——

こんな愛のはじめの場面においてさえ、
彼の顔を離れる彼女の手は
別離のイメージを描いている、

そして自分たちには
この悲しみを
見て見ぬふりする自由があると思っている。

THE GARDEN

I couldn't do it again,
I can hardly bear to look at it——

in the garden, in light rain
the young couple planting
a row of peas, as though
no one has ever done this before,
the great difficulties have never as yet
been faced and solved——

They cannot see themselves,
in fresh dirt, starting up
without perspective,
the hills behind them pale green, clouded with flowers——

She wants to stop;
he wants to get to the end,
to stay with the thing——

Look at her, touching his cheek
to make a truce, her fingers
cool with spring rain;
in thin grass, bursts of purple crocus——

even here, even at the beginning of love,
her hand leaving his face makes
an image of departure

and they think
they are free to overlook
this sadness.

サンザシの木

二人並んで、手を
つながずに、夏の庭を歩く
あなたたちを見ています――わたしのように
動けないものは
見ることに長けているのです。あなたたちを
庭中追いかける必要は
ありません。人間とは
感情のサインを
どこにでも残していくもの。土の小道に
落ちている花はすべて
白と黄金色、そのうちのいくつかは
夕べの風にわずかに
持ち上げられています。毒を含んだ
野の奥に今走り去ったあなたを
追う必要はありません。
その原因は人間特有の
情熱や怒り――それ以外何のために、あなたは
せっかく今まで摘み集めたすべてを
撒き散らしたりするでしょう?

THE HAWTHORN TREE

Side by side, not
hand in hand: I watch you
walking in the summer garden——things
that can't move
learn to see; I do not need
to chase you through
the garden; human beings leave
signs of feeling
everywhere, flowers
scattered on the dirt path, all
white and gold, some
lifted a little by
the evening wind; I do not need
to follow where you are now,
deep in the poisonous field, to know
the cause of your flight, human
passion or rage: for what else
would you let drop
all you have gathered?

月下の愛

男や女が自分の絶望を
別の誰かに押しつける時、それは
心を打ち明ける、とか、魂をさらけ出す、といわれる——
その瞬間だけ、魂というものを獲得したみたいに——
外は夏の夕暮れ、まるで全世界が
月面に投げ出されたかのよう。銀色の群れをなす
建物や木々、土埃に仰向けに転がる
猫の隠れた狭い庭、
バラやキンケイギク、そして、暗がりの中、黄金色をした
　　　議事堂のドームも
月光の合金に塗り替えられた。装飾のない
ドームの姿は、神話、原型、炎に満ちた
魂に見える——それは現実には月の光、別の天体からの
借り物の光——この刹那、
魂は月のように輝いている。石であろうとなかろうと、
月は今も溢れるように生きているのだから。

LOVE IN MOONLIGHT

Sometimes a man or woman forces his despair
on another person, which is called
baring the heart, alternatively, baring the soul——
meaning for this moment they acquired souls——
outside, a summer evening, a whole world
thrown away on the moon: groups of silver forms
which might be buildings or trees, the narrow garden
where the cat hides, rolling on its back in the dust,
the rose, the coreopsis, and, in the dark, the gold
    dome of the capitol
converted to an alloy of moonlight, shape
without detail, the myth, the archetype, the soul
filled with fire that is moonlight really, taken
from another source, and briefly
shining as the moon shines: stone or not,
the moon is still that much of a living thing.

四月

わたしの絶望は、他の誰の絶望とも違う——

この庭に、そんなことばかり考えて
これ見よがしな態度を取る
お前たちの居場所はない。あてつけがましく
森中の雑草を抜いて回る男、
服を着替えず、頭を洗うのも拒んで
片足を引きずる女。

お前たちが会話を交わすかどうか
わたしが気にするとでも思うのか？
だが知っておいてもらおう、心を与えられた
被造物の二人に、わたしはもっと多くを期待していた。
実際に互いを思いやれなくても、せめて
悲しみは、お前たちに、そしてすべての人間に
それぞれ分け与えられていることを
理解してくれるだろうと思っていた。
深い青が野生のシラーの花、
白が森のスミレの色であるように、わたしが
悲しみによって
お前たちを見分けられるように。

APRIL

No one's despair is like my despair——

You have no place in this garden
thinking such things, producing
the tiresome outward signs; the man
pointedly weeding an entire forest,
the woman limping, refusing to change clothes
or wash her hair.

Do you suppose I care
if you speak to one another?
But I mean you to know
I expected better of two creatures
who were given minds: if not
that you would actually care for each other
at least that you would understand
grief is distributed
between you, among all your kind, for me
to know you, as deep blue
marks the wild scilla, white
the wood violet.

スミレ

わたしたちの世界にはいつも
隠されている何かがあるから、
小さくて白い、
小さくて、純粋と
呼ばれる何かがあるから、わたしたちはあなたが
悲しむようには悲しまないの、親愛なる
悲嘆にくれたご主人さま。
バランスよくお盆に載せた
真珠のような花を差し出す
サンザシの木の下で、わたしたちより
あなたの方が困っていることが
あるかしら。あなたはわたしたちに
何の教えを乞うために、ここまで来て
膝をつき、その大きな手を握りしめ、
涙を流しているのでしょう。
あなたは偉大なようでいて
不滅の魂の性質を何もご存じない。
小さい哀れな神さま、あなたには
もともとそれがないか、あったとしたら
それを決して失くすことはないのです。

VIOLETS

Because in our world
something is always hidden,
small and white,
small and what you call
pure, we do not grieve
as you grieve, dear
suffering master; you
are no more lost
than we are, under
the hawthorn tree, the hawthorn holding
balanced trays of pearls: what
has brought you among us
who would teach you, though
you kneel and weep,
clasping your great hands,
in all your greatness knowing
nothing of the soul's nature,
which is never to die: poor sad god,
either you never have one
or you never lose one.

ウィッチグラス ※

お呼びでないものが
混乱を引き起こそうと
この世界に入り込む——

そんなにわたしが憎いなら
わざわざ名前なんかつけないで。
ある種族にすべての
罪を着せる手段として、
あなたの言語にもう一つ
中傷の言葉を増やす
必要があるかしら——

あなたもわたしも知っての通り、
もし唯一の神を
拝するというなら、敵は
一人しかいらない——

わたしがその敵ではないの。
ちょうどこの花壇で繰り返される
小さな典型的失敗から、
あなたが自分の気を逸らすための
都合のいいトリックに過ぎない。
ここではあなたの大切な花のどれかが
毎日のように死んでいく、
そしてその原因を攻撃するまで
あなたは眠りにつけない、つまり
生き残っている雑草、たまたま
あなたの個人的な情熱なんかより
強くたくましかったもの——

あなたの花は、現実の世界で
永遠には生きられない。
でもそんなこと認めたくないわよね、
あなたはこれまでと同じように、いつだって
嘆くこと、非難することの両方を
繰り返してやっていけるのだから。

わたしが生き延びるのに
あなたの褒め言葉なんかいらないわ。
わたしははじめからここにいた、
あなたが着いて、最初の庭を作るその前から。
そうして、太陽と月、海、そして広大な野だけが
残される時が来てもここにいる。

わたしが野を形成するのよ。

※ 英語では「魔女の草」と呼ばれるイネ科の雑草。和名はハナクサキビ。

WITCHGRASS

Something
comes into the world unwelcome
calling disorder, disorder——

If you hate me so much
don't bother to give me
a name: do you need
one more slur
in your language, another
way to blame
one tribe for everything——

as we both know,
if you worship
one god, you only need
one enemy——

I'm not the enemy.
Only a ruse to ignore
what you see happening
right here in this bed,
a little paradigm
of failure. One of your precious flowers
dies here almost every day
and you can't rest until
you attack the cause, meaning
whatever is left, whatever
happens to be sturdier
than your personal passion——

It was not meant
to last forever in the real world.
But why admit that, when you can go on
doing what you always do,
mourning and laying blame,
always the two together.

I don't need your praise
to survive. I was here first,
before you were here, before
you ever planted a garden.
And I'll be here when only the sun and moon
are left, and the sea, and the wide field.

I will constitute the field.

ヤコブの梯子 ※

地に縛られていたら
誰だって天に行くことを
望むでしょう？　レディ、
憧れのあまり、あなたの庭に顔を出した
わたしの無作法をお許し下さい。わたしは
あなたの求めていた花ではありません。けれど
男と女が
惹かれ合うように、わたしも
天国の知識に惹かれるのです――そして今
あなたの悲しみを誘う裸の茎が
ポーチの窓に届いたところです。
その先端にあるのは何？　星のように
小さな青い花。でも、決して
地上の世界を逃れることはできない！　だからこそ
あなたは涙を流すのでしょう？

※和名はハナシノブ。「ヤコブの梯子」とは、旧約聖書の創世記28章10・12節で、ヤコブの夢に出てくる天と地をつなぐ梯子のこと。高く伸び上がった花茎の先に淡い青紫の花を咲かせる。葉は羽状で、左右の小葉が交互に並ぶ様子が梯子に似ていることからこの名がある。

THE JACOB'S LADDER

Trapped in the earth,
wouldn't you too want to go
to heaven? I live
in a lady's garden. Forgive me, lady;
longing has taken my grace. I am
not what you wanted. But
as men and women seem
to desire each other, I too desire
knowledge of paradise——and now
your grief, a naked stem
reaching the porch window.
And at the end, what? A small blue flower
like a star. Never
to leave the world! Is this
not what your tears mean?

朝の祈り

わたしがどうやって時間を過ごすか知りたいですか?
前の芝生を歩きながら、雑草を取る
ふりをします。膝をついて、クローバーの塊を
花壇からむしっているのは、あくまで
ふりをしているだけ。実際には
勇気を探しているのです、自分の人生が変えられる
という何らかの証拠を。でも、塊の一つひとつに
幸せの葉が交じっていないか調べるのに
恐ろしく時間がかかりますし、もうすぐ
夏は終わりを告げるでしょう。いつものように
病んだ木を筆頭に、紅葉の兆しがすでに見え始め、
黒い鳥が数羽、門限の音楽を奏でる中
死に近い木の葉は黄色く輝きます。
わたしの手の中をご覧になりたい?
音楽の始まった時と同じようにまったくの空っぽ。
もしかして、探すことの意味は
しるしのないまま続けることにあったのでしょうか?

MATINS

You want to know how I spend my time?
I walk the front lawn, pretending
to be weeding. You ought to know
I'm never weeding, on my knees, pulling
clumps of clover from the flower beds: in fact
I'm looking for courage, for some evidence
my life will change, though
it takes forever, checking
each clump for the symbolic
leaf, and soon the summer is ending, already
the leaves turning, always the sick trees
going first, the dying turning
brilliant yellow, while a few dark birds perform
their curfew of music. You want to see my hands?
As empty now as at the first note.
Or was the point always
to continue without a sign?

朝の祈り

園芸家が新種の植物をテストするように
あなたが繰り返しずたずたにする
わたしの心とは、あなたにとって何でしょうか?
別のもので試して下さい。どうして
あなたの望むような集団生活ができましょう、
あなたから課せられた苦悩のせいで
健全な同族のメンバーから
引き離されてしまったというのに。
あなたは庭で病んだバラを
隔離したりはしません。社交的なバラが
その害虫にやられた葉を
他のバラたちの前でひらひらさせているのを
放っておきます。そして小さなアブラムシが
草花の間を飛び回る様は、まるで
繁栄するアブラムシとつるバラに続いて、
わたしが被造物のうち最も卑しい存在であるのを
今一度証明するかのよう── 父よ、
何も知らずにいた幼年期、
もしくは、母の心臓の優しい重みの下、
もしくは、最初に終わらないことを願った夢の中で
わたしがすこやかであったように、
わたしを再び癒やし、永遠に無傷にするのが
みこころでないのでしたら、
わたしの孤独のもとであるあなたが
わたしの罪の意識だけでも軽くして下さいますように。
はぐれ者の汚名を拭い去って下さい。

MATINS

What is my heart to you
that you must break it over and over
like a plantsman testing
his new species? Practice
on something else: how can I live
in colonies, as you prefer, if you impose
a quarantine of affliction, dividing me
from healthy members of
my own tribe: you do not do this
in the garden, segregate
the sick rose; you let it wave its sociable
infested leaves in
the faces of the other roses, and the tiny aphids
leap from plant to plant, proving yet again
I am the lowest of your creatures, following
the thriving aphid and the trailing rose—— Father,
as agent of my solitude, alleviate
at least my guilt; lift
the stigma of isolation, unless
it is your plan to make me
sound forever again, as I was
sound and whole in my mistaken childhood,
or if not then, under the light weight
of my mother's heart, or if not then,
in dream, first
being that would never die.

歌

大きな灌木の網に
支えられ、
守られている心臓のような
紅い野バラが
一番下の枝で開き始める。
もっと高いところの花が
しぼむか腐るかする間に、
血の色をしたバラは
闇を背に咲く——
心臓の背景が常に
闇であるように。
逆境を
生き抜くことは
却ってその色を深くする。けれど
ジョンはいう、この光景が
詩ではなくて
現実の庭なら、
紅いバラは別のものに
喩えられる必要はない。
他の花にも、
地表近くで脈打つ
半分褐色、半分真紅の
陰に包まれた心臓にも。

SONG

Like a protected heart,
the blood-red
flower of the wild rose begins
to open on the lowest branch,
supported by the netted
mass of a large shrub:
it blooms against the dark
which is the heart's constant
backdrop, while flowers
higher up have wilted or rotted;
to survive
adversity merely
deepens its color. But John
objects, he thinks
if this were not a poem but
an actual garden, then
the red rose would be
required to resemble
nothing else, neither
another flower nor
the shadowy heart, at
earth level pulsing
half maroon, half crimson.

野の花

あなたは何をいっているの?
永遠の命が欲しい?　あなたの持っている考えが
本当にそれほど魅力的かしら?　もちろん
あなたはわたしたちを見ることも聞くこともしない。
あなたの皮膚についた
太陽のしみ、黄色いキンポウゲの粉。わたしは
あなたに話しているのよ。高く伸びた草の間で
小さながらがらを振りながら
その向こうに目を凝らしているあなた──
自分の魂のことばかり心配しながら!
内面を見つめるだけで満足していていいわけ?
人間を軽蔑するのはそれとして、なぜ
あなたはこの広大な野を見くびるの?
野生のキンポウゲの冴えた頭の上に視線を泳がせ、
何を見ているのかしら?　天国についての
あなたの貧困な考え、それは移り変わりの不在。
地上よりいいところですって?
わたしたちの中に突っ立って、その心は
こちらにもあちらにもないあなたのような人に
一体何がわかるというの?

FIELD FLOWERS

What are you saying? That you want
eternal life? Are your thoughts really
as compelling as all that? Certainly
you don't look at us, don't listen to us,
on your skin
stain of sun, dust
of yellow buttercups: I'm talking
to you, you staring through
bars of high grass shaking
your little rattle—— O
the soul! the soul! Is it enough
only to look inward? Contempt
for humanity is one thing, but why
disdain the expansive
field, your gaze rising over the clear heads
of the wild buttercups into what? Your poor
idea of heaven: absence
of change. Better than earth? How
would you know, who are neither
here nor there, standing in our midst?

赤いヒナゲシ

精神がないって
なんて素晴らしいこと。感情——
ああ、それなら持っています、それは
わたしを支配するもの。
わたしは天にいる
太陽という主人のために
自分を開きます、彼の存在自体のように
燃え立つ心を
見せるために。
心以外の何がここまで
燦然と輝けるでしょう？
親愛なる兄弟姉妹たちよ、人間になる前の
その昔、あなたがたもわたしのようでは
なかったかしら？　一度咲いたら
二度目はないにもかかわらず、
己を開くことを許しませんでしたか？
なぜって今、わたしはまさに
あなたと同じように
話しているからです。心を
打ち砕かれたから話すのです。

THE RED POPPY

The great thing
is not having
a mind. Feelings:
oh, I have those; they
govern me. I have
a lord in heaven
called the sun, and open
for him, showing him
the fire of my own heart, fire
like his presence.
What could such glory be
if not a heart? Oh my brothers and sisters,
were you like me once, long ago,
before you were human? Did you
permit yourselves
to open once, who would never
open again? Because in truth
I am speaking now
the way you do. I speak
because I am shattered.

クローバー

わたしたちの間に
散らばってあるもの、あなたが
幸運のしるしと呼んでいるもの、
わたしたちと同じ
根こそぎにされる
雑草に過ぎないのに──

あなたはどういう理屈でもって
死ねばいいと
いつもは思っている
雑草の一本を
大事に抱え込むの?

わたしたちの中に
そんな魅力を備えたものがあるなら、
あなたが愛してやまない庭のために
もっと繁殖するべきではないかしら?

こういう質問は
あなたの被害者に任せるのではなく、
あなた自身が
問うべきでしょう。あなたが
我が物顔でわたしたちの間を歩く時、
二つの声が喋っているように聞こえるのを
知りなさい。あなたの心が一つ、
あなたの手の行いがもう一つ。

CLOVER

What is dispersed
among us, which you call
the sign of blessedness
although it is, like us,
a weed, a thing
to be rooted out——

by what logic
do you hoard
a single tendril
of something you want
dead?

If there is any presence among us
so powerful, should it not
multiply, in service
of the adored garden?

You should be asking
these questions yourself,
not leaving them
to your victims. You should know
that when you swagger among us
I hear two voices speaking,
one your spirit, one
the acts of your hands.

朝の祈り

太陽だけでなく、地上が
それ自体で輝き、目にも鮮やかな山々では
白い炎が躍り、
早朝の平らな道は
かすかに光を放っています。この景色は
わたしたちを反応させるためだけに
あるのでしょうか、あるいは
地上の有り様に心を打たれて、
あなたの感情も揺らぐのでしょうか——
あなたをどんな存在だと考えていたか、
今のわたしは恥じています。
遠い場所から、わたしたちのことを
実験対象として
見ているとばかり思っていました——
使い捨ての動物でしかないというのは、それは
苦く惨めなもの。親愛なる友、
心震わすパートナーよ、何を感じるのが
あなたにとって一番の驚きですか、
地上の輝き、それともあなた自身の喜び?
わたしが驚くのはいつも
こうして湧き上がる喜びです。

MATINS

Not the sun merely but the earth
itself shines, white fire
leaping from the showy mountains
and the flat road
shimmering in early morning: is this
for us only, to induce
response, or are you
stirred also, helpless
to control yourself
in earth's presence——I am ashamed
at what I thought you were,
distant from us, regarding us
as an experiment: it is
a bitter thing to be
the disposable animal,
a bitter thing. Dear friend,
dear trembling partner, what
surprises you most in what you feel,
earth's radiance or your own delight?
For me, always
the delight is the surprise.

天と地

一つの終わるところに、もう一つが始まる。
上は帯状の青、下は
緑と金の縞、緑と深い薔薇色。

ジョンが地平線に立つ。彼は両方
同時に欲しい、すべてを
一度に手に入れたい。

両極は易しい。中間だけが
解けないパズル。真夏——
すべてが可能に見える時。

つまり、もう二度と命は終わらない、というふうに。

そんなことを夢見ながら
くま手をつかみ、得意顔で
この発見を知らせようと立っている自分の夫を
わたしはどうして
庭に残しておけるだろう、

夏の太陽の炎が
庭の端で
燃え立つカエデに
すっぽりと包み込まれて、
まさに立ち往生しているこの時に。

HEAVEN AND EARTH

Where one finishes, the other begins.
On top, a band of blue; underneath,
a band of green and gold, green and deep rose.

John stands at the horizon: he wants
both at once, he wants
everything at once.

The extremes are easy. Only
the middle is a puzzle. Midsummer——
everything is possible.

Meaning: never again will life end.

How can I leave my husband
standing in the garden
dreaming this sort of thing, holding
his rake, triumphantly
preparing to announce this discovery

as the fire of the summer sun
truly does stall
being entirely contained by
the burning maples
at the garden's border.

戸口

決して静止することのない世界で、
わたしはこのままじっとしていたかった。
夏の盛りではなく、最初の花が生まれる
その前の一瞬、まだ何も
過去にはなっていない瞬間——

魅惑的な真夏ではなく、
春の終わり、草もまだ
庭の端で高く茂っておらず、早めのチューリップが
開き始めるころ——

先に出ていく人たちを見ながら
戸口でうろうろしている子どものように、
四肢を緊張させ、他人の公の場での失敗、つまずきに
注意を払いながら

子ども特有の揺るぎない自信に溢^{あふ}れ、
弱さを打ち負かし
何にも屈しない自分を
準備している時期、

花の咲く直前の時間、

才能やしるしの現れる前、所有することもされることもない
優越の時代。

THE DOORWAY

I wanted to stay as I was,
still as the world is never still,
not in midsummer but the moment before
the first flower forms, the moment
nothing is as yet past——

not midsummer, the intoxicant,
but late spring, the grass not yet
high at the edge of the garden, the early tulips
beginning to open——

like a child hovering in a doorway, watching the others,
the ones who go first,
a tense cluster of limbs, alert to
the failures of others, the public falterings

with a child's fierce confidence of imminent power
preparing to defeat
these weaknesses, to succumb
to nothing, the time directly

prior to flowering, the epoch of mastery

before the appearance of the gift,
before possession.

真夏

お前たちみな違うものを求めているのに
わたしにどうやって助けろというのか——日光と影、
湿った闇、乾いた暑さ——

互いに争う自分たちの声を聞いてみるがいい——

それでもまだ
なぜわたしがお前たちに絶望するかわからないのか、
何かがお前たちを統一できると思うのか——

千の声の絡まる
夏の盛りの静止した大気

それぞれの声が
その必要を、その絶対を叫び、

その信念の名のもとに
互いを絞め殺そうと
広い野でもがき続ける——

何のために？　スペースと空気のため？
天下で自分が唯一だという
特権のため？

お前たちはわたしの
多様性の現れであって、
独自の存在などではない。

野の上に輝く空に目を凝らした時
見えると思っているものではない。
お前たちの偶然生まれた魂は
拡大された己の姿ばかり
見続ける望遠鏡のようなもの——

もしわたしが、星、炎、激昂のように
上昇のしるしだけで
わたし自身を現そうというなら
どうしてお前たちなど創造しただろう？

MIDSUMMER

How can I help you when you all want
different things——sunlight and shadow,
moist darkness, dry heat——

Listen to yourselves, vying with one another——

And you wonder
why I despair of you,
you think something could fuse you into a whole——

the still air of high summer
tangled with a thousand voices

each calling out
some need, some absolute

and in that name continually
strangling each other
in the open field——

For what? For space and air?
The privilege of being
single in the eyes of heaven?

You were not intended
to be unique. You were
my embodiment, all diversity

not what you think you see
searching the bright sky over the field,
your incidental souls
fixed like telescopes on some
enlargement of yourselves——

Why would I make you if I meant
to limit myself
to the ascendant sign,
the star, the fire, the fury?

夕べの祈り

いつかあなたを信じて、イチジクの木を植えたことがありました。
ここ、バーモント州は
夏のない地方。もし木が育てば
あなたは存在する、というテストでした。

この理屈によれば、あなたは存在しません。あるいはあなたは
もっと暖かい気候だけに存在することになります。
灼熱のシチリア、メキシコ、そしてカリフォルニア、
想像もつかないような杏や繊細な桃の
育つところ。おそらくシチリアの人々は
あなたのお顔を見るのでしょう——ここでのわたしたちは
あなたの衣のすそを拝むのもやっとだというのに。わたしはせっかく
収穫したトマトを、ジョンとノアに分けてあげなくてはいけません。

どこか別の世界にもし正義が存在するなら、わたしのように
禁欲的な生活を強いられている者が、
みなが欲しがるすべてのものにおいて
一番大きい分け前にあずかるべきです。
貪欲はあなたへの賛美。そしてわたしより
欲望を抑えるのに苦しみ、わたしより
強烈に賛美する者はいません。
不滅といいながら
長旅では傷んでしまうイチジクをいただきつつ、
あなたの右の座に着くのに——そんな席があったとして——
わたしよりふさわしい人間はいないのです。

VESPERS

Once I believed in you; I planted a fig tree.
Here, in Vermont, country
of no summer. It was a test: if the tree lived,
it would mean you existed.

By this logic, you do not exist. Or you exist
exclusively in warmer climates,
in fervent Sicily and Mexico and California,
where are grown the unimaginable
apricot and fragile peach. Perhaps
they see your face in Sicily; here, we barely see
the hem of your garment. I have to discipline myself
to share with John and Noah the tomato crop.

If there is justice in some other world, those
like myself, whom nature forces
into lives of abstinence, should get
the lion's share of all things, all
objects of hunger, greed being
praise of you. And no one praises
more intensely than I, with more
painfully checked desire, or more deserves
to sit at your right hand, if it exists, partaking
of the perishable, the immortal fig,
which does not travel.

夕べの祈り

長期不在のあなたは、わたしに
地を耕す許可を下さいました。その見返りを
期待していらっしゃるあなたに、何よりもまず
トマトの苗で
失敗したことをご報告しなくてはなりません。
わたしはトマトを育てるよう
勧められるべきではないのです。もし勧めるなら、あなたは
大雨や頻繁にやってくる夜の冷気を
この地から遠ざけておくべきでしょう。他の地方では
夏が一二週間続くところもありますし、これらすべては
あなたの支配下なのですから。その一方で、
わたしが種を植え、わたしが羽のような新芽の
土から顔を出すところを見守りました。そして
わたしの心は、苗の列に黒い斑点をあっという間に
繁殖させる疫病のせいで張り裂けました。あなたは
わたしたちの言葉で意味するところの
心を持ち合わせていないようにお見受けします。死んだものと
生きているものを区別せず、その結果
前兆などには動じないあなたに、わたしたちがどれほどの
恐怖を抱いているかおわかりにならないでしょう。斑点の浮いた葉、
忍び寄る闇に、まだ八月だというのに
落ち始めるカエデの赤い葉——このトマトのつるたちの責任を取るのは
わたしなのです。

VESPERS

In your extended absence, you permit me
use of earth, anticipating
some return on investment. I must report
failure in my assignment, principally
regarding the tomato plants.
I think I should not be encouraged to grow
tomatoes. Or, if I am, you should withhold
the heavy rains, the cold nights that come
so often here, while other regions get
twelve weeks of summer. All this
belongs to you: on the other hand,
I planted the seeds, I watched the first shoots
like wings tearing the soil, and it was my heart
broken by the blight, the black spot so quickly
multiplying in the rows. I doubt
you have a heart, in our understanding of
that term. You who do not discriminate
between the dead and the living, who are, in consequence,
immune to foreshadowing, you may not know
how much terror we bear, the spotted leaf,
the red leaves of the maple falling
even in August, in early darkness: I am responsible
for these vines.

夕べの祈り

知っています、あなたはきっと
わたしなどより野の獣、それどころか、
野生のチコリやシオンの花咲く八月の野
そのものを愛していらっしゃるのでしょう。
わたしは自分と比較してみたのです——花たちの
感情の幅の圧倒的狭さ、悩み事のなさ——
白といっても実際は灰色の羊と比べてみても、
わたしほどあなたを賛美するのに
適したものはありません。なのになぜ
あなたはわたしを苦しめるのでしょう?
ヤナギタンポポやキンポウゲは、その毒によって
草を食む家畜の群れから守られています。痛みは
わたしがあなたの必要に気づくための
贈り物なのでしょうか、まるでわたしは
必要のないあなたを拝することができないみたいに。
それともあなたは、黄昏には銀色になる
無表情な子羊たち、水色と深い青に輝く
野生のシオンやチコリの波が
あなたの衣にそっくりなのを見て、野を選び、
わたしを見捨ててしまわれたのですか。

VESPERS

More than you love me, very possibly
you love the beasts of the field, even,
possibly, the field itself, in August dotted
with wild chicory and aster:
I know. I have compared myself
to those flowers, their range of feeling
so much smaller and without issue; also to white sheep,
actually gray: I am uniquely
suited to praise you. Then why
torment me? I study the hawkweed,
the buttercup protected from the grazing herd
by being poisonous: is pain
your gift to make me
conscious in my need of you, as though
I must need you to worship you,
or have you abandoned me
in favor of the field, the stoic lambs turning
silver in twilight; waves of wild aster and chicory shining
pale blue and deep blue, since you already know
how like your raiment it is.

ヒナギク

さあ、思っていることをいいなさい。庭は
現実の世界ではないと。現実の世界は
機械でできていると。率直にいいなさい、
あなたの顔にもう書いてあることを。
郷愁に溺れないように
わたしたちを避けるのは賢明だわ。
ヒナギクの野を渡る風の音は
現代性に欠ける。精神は
そんなものを追って輝きはしない。精神は
機械が輝くように
くっきりと輝きたいのよ、そして
根のように深みを目指そうとはしない。何にせよ、
早朝、誰もいないのを見計らって
あなたが野原の端に近づいてくる様子には
胸を打たれるわ。そうやって立っている時間が
長引けば長引くほど、あなたは不安げに見える。
あなたはまた笑われて軽蔑の的になるでしょう、
誰も自然界の印象なんて聞きたくないのだから。
今朝、あなたが実際
耳にしていることに関しては──この野原で
何が語られたのか、
誰にいわれたのか、
他人に話す前に頭を冷やしてよく考えなさい。

DAISIES

Go ahead: say what you're thinking. The garden
is not the real world. Machines
are the real world. Say frankly what any fool
could read in your face: it makes sense
to avoid us, to resist
nostalgia. It is
not modern enough, the sound the wind makes
stirring a meadow of daisies: the mind
cannot shine following it. And the mind
wants to shine, plainly, as
machines shine, and not
grow deep, as, for example, roots. It is very touching,
all the same, to see you cautiously
approaching the meadow's border in early morning,
when no one could possibly
be watching you. The longer you stand at the edge,
the more nervous you seem. No one wants to hear
impressions of the natural world: you will be
laughed at again; scorn will be piled on you.
As for what you're actually
hearing this morning: think twice
before you tell anyone what was said in this field
and by whom.

夏の終わり

すべての起こったあと、
虚無がわたしを襲った。

わたしが形に見いだした喜びには
限りがある——

わたしはお前のように
他人の体に解放されたり、

自分以外に
非難場所を必要としない——

わたしの哀れな
創作品、お前たちは
所詮ただの気晴らし、
省略されたものに過ぎない。
わたしがついに満足するほど
わたしに似ているわけではない。

しかも何という強情——
書記官は銀、
羊飼いは麦、と
かつて働く者が報酬を得たように、
記念品として、
己の消滅と
引き換えに
地上の一部を要求するなんて。

地が、こんな小さな
物質のかけらたちが
永続することはないにもかかわらず——

お前が目を開くなら
わたしを見るだろう、
天の空虚が
地に反映されて、
雪に覆われた荒野が再び広がるのを——

そして、物質という偽装を解かれた
白い光を。

END OF SUMMER

After all things occurred to me,
the void occurred to me.

There is a limit
to the pleasure I had in form——

I am not like you in this,
I have no release in another body,

I have no need
of shelter outside myself——

My poor inspired
creation, you are
distractions, finally,
mere curtailment; you are
too little like me in the end
to please me.

And so adamant——
you want to be paid off
for your disappearance,
all paid in some part of the earth,
some souvenir, as you were once
rewarded for labor,
the scribe being paid
in silver, the shepherd in barley

although it is not earth
that is lasting, not
these small chips of matter——

If you would open your eyes
you would see me, you would see
the emptiness of heaven
mirrored on earth, the fields
vacant again, lifeless, covered with snow——

then white light
no longer disguised as matter.

夕べの祈り

わたしはもう、あなたがどこにいるかと訝しみません。
あなたは庭にいます——緑の移植ごてを手に、
土の上でぼんやりしているジョンのところに。
一五分熱心に庭いじりをしたあと
一五分恍惚として瞑想にふける、というのが彼のやり方。時折
わたしも彼のそばの日陰で手伝いをします、
雑草を抜いたり、レタスの間引きをしたり。時折わたしは
高い庭に面したポーチから、黄昏の光が
初咲きのユリをランプのように見せるまで眺めています。その間中、
彼の表情は平和そのもの。けれど安らぎはわたしの中を慌ただしく通り過ぎます。
花が吸収する栄養とは違って、
裸の木を突き抜けるまばゆい光のように。

VESPERS

I don't wonder where you are anymore.
You're in the garden; you're where John is,
in the dirt, abstracted, holding his green trowel.
This is how he gardens: fifteen minutes of intense effort,
fifteen minutes of ecstatic contemplation. Sometimes
I work beside him, doing the shade chores,
weeding, thinning the lettuces; sometimes I watch
from the porch near the upper garden until twilight makes
lamps of the first lilies: all this time,
peace never leaves him. But it rushes through me,
not as sustenance the flower holds
but like bright light through the bare tree.

夕べの祈り

あなたはモーセに現れた※のと同じように、
あなたを必要とするわたしにも現れて下さいます、
ごく稀にではありますが。わたしは本来
暗闇に住んでいるのです。あなたはわたしを最も些細な輝きにも
反応するよう訓練なさっておいでのようです。それとも、あなたは
詩人のように、絶望に気持ちを掻き立てられるお方ですか、深い悲しみに
心動かされて、ご自身を明らかにされるのですか？　今日の午後、
あなたが普段沈黙しか提供して下さらない
この自然界で、わたしは野生のブルーベリーを
見下ろす小さな丘に登りました。形而上的にいえば
下りました──わたしの散歩はいつもそうです──
わたしはあなたの哀れみに値する深みにまで達したでしょうか、
あなたが時たま、苦悩する人々、特に
神学の才のある者を好んで哀れまれたように？　あなたの予想通り、
わたしは目を上げませんでした。そこであなたは
わたしの足元まで降りてきて下さいました。光沢のある
ブルーベリーの葉ではなく、燃え盛るあなたご自身、あたり一面
炎の牧草地、そしてその向こうには、赤い太陽が沈まず、昇らず──
子どもではないわたしは、錯覚をうまく利用することができたのです。

※旧約聖書の出エジプト記3章で、神が、燃え尽きない柴の中からモーセに語りかけたことを指す。

VESPERS

Even as you appeared to Moses, because
I need you, you appear to me, not
often, however. I live essentially
in darkness. You are perhaps training me to be
responsive to the slightest brightening. Or, like the poets,
are you stimulated by despair, does grief
move you to reveal your nature? This afternoon,
in the physical world to which you commonly
contribute your silence, I climbed
the small hill above the wild blueberries, metaphysically
descending, as on all my walks: did I go deep enough
for you to pity me, as you have sometimes pitied
others who suffer, favoring those
with theological gifts? As you anticipated,
I did not look up. So you came down to me:
at my feet, not the wax
leaves of the wild blueberry but your fiery self, a whole
pasture of fire, and beyond, the red sun neither falling nor rising——
I was not a child; I could take advantage of illusions.

夕べの祈り

知らないと思っていたでしょう。けれどかつてわたしたちは知っていました、
子どもはこういうことを知っているものです。顔を背けないで下さい——
あなたをなだめるために、わたしたちは嘘を生きてきたのです。わたしは
早春の陽射しを、ツルニチニチソウの暗く生い茂った土手を憶えています。
わたしは野原に寝転んで、兄の体に触れていたことを憶えています。
顔を背けないで下さい。わたしたちは記憶を
否定することであなたを慰めようとしました。あなたの真似をして
自分たちの罰の内容を暗唱しました。わたしは
すべてを憶えているわけではありません——忘却は
偽りの始まり。わたしはささやかなものを憶えています、
サンザシの木の下に生えていた花たち、
野生のシラーの小さな釣り鐘。すべてではなくても
あなたの存在がわかるほどには思い出せます。あなた以外の誰が
兄と妹の間に不信を植え付けることで得をしたでしょうか?
わたしたちは孤独のゆえにあなたを求めたのです。あなた以外の誰が
わたしたちのあのころの絆を嫉妬するあまり、
わたしたちが失うのは
地上ではなく
天国なのだと教えたでしょうか?

VESPERS

You thought we didn't know. But we knew once,
children know these things. Don't turn away now——we inhabited
a lie to appease you. I remember
sunlight of early spring, embankments
netted with dark vinca. I remember
lying in a field, touching my brother's body.
Don't turn away now; we denied
memory to console you. We mimicked you, reciting
the terms of our punishment. I remember
some of it, not all of it: deceit
begins as forgetting. I remember small things, flowers
growing under the hawthorn tree, bells
of the wild scilla. Not all, but enough
to know you exist: who else had reason to create
mistrust between a brother and sister but the one
who profited, to whom we turned in solitude? Who else
would so envy the bond we had then
as to tell us it was not earth
but heaven we were losing?

忍び寄る闇

どうして地上の世界がわたしの
喜びになりうるだろう？　それぞれ
生まれてくるものはわたしの重荷でしかない。お前たちすべてを
成功に導けるわけではない。

しかもお前たちは偉そうに
自分たちのうち誰に一番価値があり、
誰が最もわたしに似ているかなどと
わたしに教えようとする。
そして清らかな生き方の
手本として、自分の執着を
捨てようともがいている——

自分自身さえわかっていないお前たちに
どうしてわたしを理解できるだろう？
お前たちの記憶は
頼りないものだ、十分昔のことまで
　遡れない——

お前たちはわたしの子であるのを決して忘れてはならない。
苦しんでいるのは互いに触れたからではない。
生を受けたから、
そしてわたしから離れて
生きることを必要としたからだ。

EARLY DARKNESS

How can you say
earth should give me joy? Each thing
born is my burden; I cannot succeed
with all of you.

And you would like to dictate to me,
you would like to tell me
who among you is most valuable,
who most resembles me.
And you hold up as an example
the pure life, the detachment
you struggle to achieve——

How can you understand me
when you cannot understand yourselves?
Your memory is not
powerful enough, it will not
reach back far enough——

Never forget you are my children.
You are not suffering because you touched each other
but because you were born,
because you required life
separate from me.

収穫

過去のお前たちを思うと悲しみに胸を刺される——

見るがいい、あたりの野が炎に包まれる中
地にやみくもにしがみついている己の姿を、
そこが天上のぶどう園であるかのように——

ああ、小さき者よ、お前たちはなんてわきまえがないのだろう。
それは贈り物であると同時に苦悩でもあるのだ。

もしお前たちが、死を
これ以上恐ろしい罰だと怯えるなら、
死を恐れる必要はない。

お前たちに悟らせるため、何度わたし自ら創造したものを
壊さなくてはならないのか。
罰とは——

わたしが身振り一つでお前たちを創り、
時間と楽園の中に植えたということ。

HARVEST

It grieves me to think of you in the past——

Look at you, blindly clinging to earth
as though it were the vineyards of heaven
while the fields go up in flames around you——

Ah, little ones, how unsubtle you are:
it is at once the gift and the torment.

If what you fear in death
is punishment beyond this, you need not
fear death:

how many times must I destroy my own creation
to teach you
this is your punishment:

with one gesture I established you
in time and in paradise.

白いバラ

これが地上？　それなら
わたしはここに属さないわ。

明かりのついた窓にいるあなたは誰？
今、ちらちら揺れるガマズミの木の葉の
陰になってしまった。
わたしが最初のひと夏も越せないこの場所で
あなたは生き延びることができるの？

か細い枝が夜通し揺らいで
明るい窓に向かってかさかさ音を立てている。こうしてわたしが
夜中に呼びかけているのに、何のサインも示さないあなた、

わたしの命を説明して。
あなたと違って、わたしは
声の代わりに体しかないの。
沈黙の中に消えることができない——

そして冷たい朝
暗い地表を彷徨う
わたしの声の残響が、
白く絶え間なく暗闇に吸い込まれていく、

まるであなたがわたしにわからせようと、やっぱりサインを
出していたみたいに——あなたもここで生き延びることはできないと、

もしくは、あなたはわたしが呼んでいた光ではなく
その背後に広がる闇なのだと。

THE WHITE ROSE

This is the earth? Then
I don't belong here.

Who are you in the lighted window,
shadowed now by the flickering leaves
of the wayfarer tree?
Can you survive where I won't last
beyond the first summer?

All night the slender branches of the tree
shift and rustle at the bright window.
Explain my life to me, you who make no sign,

though I call out to you in the night:
I am not like you, I have only
my body for a voice; I can't
disappear into silence——

And in the cold morning
over the dark surface of the earth
echoes of my voice drift,
whiteness steadily absorbed into darkness

as though you were making a sign after all
to convince me you too couldn't survive here

or to show me you are not the light I called to
but the blackness behind it.

朝顔

今世のわたしの罪が
悲しみだとしたら、
前世でわたしが犯した罪とは何だったのかしら。
もう二度と登ることは許されない、
もうどんな意味においても決して
サンザシの木に巻きついた
この人生を繰り返すことは叶わない、
あなたにとってそうであるように、すべて
地上の美は、わたしには罰にしかならないなんて——
わたしの苦しみの源のあなた、
わたしが主人のものであることを
知らしめる以外に、この花たちを
空を引き寄せるように
わたしから摘み取る理由があったでしょうか。
わたしの色は彼の上着の色、わたしの体は
彼の栄光をかたどっているのです。

IPOMOEA

What was my crime in another life,
as in this life my crime
is sorrow, that I am not to be
permitted to ascend ever again,
never in any sense
permitted to repeat my life,
wound in the hawthorn, all
earthly beauty my punishment
as it is yours——
Source of my suffering, why
have you drawn from me
these flowers like the sky, except
to mark me as a part
of my master: I am
his cloak's color, my flesh giveth
form to his glory.

プレスク・アイル ※

どの人生にも、一つや二つ、瞬間がある。
どの人生にも、一つの部屋が、海辺や山のどこかにある。

テーブルには杏を載せた皿。種は白い灰皿の中。

イメージの常として、これらは一つの契約の条件だった——
あなたの頬に射した陽の揺らめき、
あなたの唇を押さえるわたしの指。
青と白の壁、低い簞笥のペンキは少し剥げかけて。

海を見渡す小さなバルコニーのついた
あの四階の部屋は、まだあるに違いない。
正方形の白い部屋、一番上のシーツはベッドの端に合わせて折り返されている。
部屋はまだ現実に溶け去ってはいない。
開いた窓から、磯の香りのする海の空気。

早朝、小さな少年を水際から呼び戻している男の姿。
あの幼かった少年——今では二十歳になるだろう。

あなたの顔には、赤褐色の混じる濡れた髪が、イグサのようにまとわりついて。
モスリン、銀の閃き。白い牡丹を溢れるように生けた重い壺。

※半島

PRESQUE ISLE

In every life, there's a moment or two.
In every life, a room somewhere, by the sea or in the mountains.

On the table, a dish of apricots. Pits in a white ashtray.

Like all images, these were the conditions of a pact:
on your cheek, tremor of sunlight,
my finger pressing your lips.
The walls blue-white; paint from the low bureau flaking a little.

That room must still exist, on the fourth floor,
with a small balcony overlooking the ocean.
A square white room, the top sheet pulled back over the edge of the bed.
It hasn't dissolved back into nothing, into reality.
Through the open window, sea air, smelling of iodine.

Early morning: a man calling a small boy back from the water.
That small boy——he would be twenty now.

Around your face, rushes of damp hair, streaked with auburn.
Muslin, flicker of silver. Heavy jar filled with white peonies.

去りゆく光

絶えず物語を待ち望んでいるお前たちは
いとも幼い子どものようだった。
そうやって何度も話をさせられた挙句、
わたしは物語ることに飽きて、
お前たちにペンと紙を与えた。
昼の間、川辺に群生していた葦を
わたしの手で集めてできたペンだった。
そして言った、自分の物語を書くように、と。

何年もわたしの話を聞いてきたお前たちは
物語が何か
知っているはずだった。

それなのに、お前たちにできたのはすすり泣くことだけ。
自分の頭で考えようとはせず
何でも教えてほしがった。

こうして、わたしはお前たちが
真の情熱や大胆さを持って考えられないのに気がついた。
自分自身の人生を、
自分自身の悲劇を、まだ生きたことがなかったからだ。
ペンや紙だけではどうにもならないお前たちに
わたしは人生を、悲劇を与えてやった。

お前たちが、独り立ちしたかのように
開いた窓のそばに腰掛けて、夢見つつ、
わたしの与えたペンを握って
書くことに夏の朝を費やしているのを見るのが、
わたしにとってどんなに深い喜びか
お前たちには決してわからないだろう。

思った通り、とりわけ
はじめのうち、創作は
お前たちに沸き立つ興奮をもたらした。
そして、これからのわたしは、自分の好きなように
他のものに心を向けてもかまわないのだ。ここだけの話、
お前たちにこれ以上わたしは必要ないのだから。

RETREATING LIGHT

You were like very young children,
always waiting for a story.
And I'd been through it all too many times;
I was tired of telling stories.
So I gave you the pencil and paper.
I gave you pens made of reeds
I had gathered myself, afternoons in the dense meadows.
I told you, write your own story.

After all those years of listening
I thought you'd know
what a story was.

All you could do was weep.
You wanted everything told to you
and nothing thought through yourselves.

Then I realized you couldn't think
with any real boldness or passion;
you hadn't had your own lives yet,
your own tragedies.
So I gave you lives, I gave you tragedies,
because apparently tools alone weren't enough.

You will never know how deeply
it pleases me to see you sitting there
like independent beings,
to see you dreaming by the open window,
holding the pencils I gave you
until the summer morning disappears into writing.

Creation has brought you
great excitement, as I knew it would,
as it does in the beginning.
And I am free to do as I please now,
to attend to other things, in confidence
you have no need of me anymore.

夕べの祈り

あなたのご計画はわかっています。わたしに
この世界を愛するよう教え、もう二度と
顔を背けたり、意識から完全に排除できないように仕向ける——
世界は至るところにあるのです。目を閉じれば、
鳥のさえずり、早春のライラックの香り、夏のバラの匂い。あなたは
花の一つひとつ、地上とのつながりのどれをも取り去ってしまおうとする——
なぜあなたはわたしを傷つけるのですか、なぜわたしが
ついには孤独であることを望まれるのですか。
結局すべてを失ったわたしが、希望に飢え渇くあまり
現実から目を逸らして、あなたがわたしに残された
最後のものなのだと信じるためでしょうか。

VESPERS

I know what you planned, what you meant to do, teaching me
to love the world, making it impossible
to turn away completely, to shut it out completely ever again——
it is everywhere; when I close my eyes,
birdsong, scent of lilac in early spring, scent of summer roses:
you mean to take it away, each flower, each connection with earth——
why would you wound me, why would you want me
desolate in the end, unless you wanted me so starved for hope
I would refuse to see that finally
nothing was left to me, and would believe instead
in the end you were left to me.

夕べの祈り——再臨

最愛のあなたを
失って、わたしは
若返りました。

数年が経ち、
あたりは
少女らしい音楽で溢れ、
前庭の
リンゴの木には
花がちらほら咲いています。

あなたを取り戻す、
そのためにわたしは
書くのです。
けれどあなたは永遠に行っておしまいになりました、
ロシアの小説にあるように、一言二言
わたしには思い出せない言葉を口にして——

世界はなんてみずみずしいのでしょう、
わたしとは関係のないもので満ちているのでしょう——

もうとっくに色褪せ、ピンクから
黄ばんだ白になった花が
舞い散るところです——
かすかに震える花びらは
明るい芝生の上を
漂うように見えます。

あなたはなんて空虚な方なのでしょう、
こんなにもあっさりと
イメージに、匂いに、姿を変えてしまっただなんて——
あなたは知恵と苦悩の
源として、あまねく存在しているのです。

VESPERS: PAROUSIA

Love of my life, you
are lost and I am
young again.

A few years pass.
The air fills
with girlish music;
in the front yard
the apple tree is
studded with blossoms.

I try to win you back,
that is the point
of the writing.
But you are gone forever,
as in Russian novels, saying
a few words I don't remember——

How lush the world is,
how full of things that don't belong to me——

I watch the blossoms shatter,
no longer pink,
but old, old, a yellowish white——
the petals seem
to float on the bright grass,
fluttering slightly.

What a nothing you were,
to be changed so quickly
into an image, an odor——
you are everywhere, source
of wisdom and anguish.

夕べの祈り

あなたの声は行ってしまいました。今はほとんど聞こえません。
あなたの大いなる心変わりのせいで、
星のようなその声はすべて影となり
地上は再び暗くなりました。

日々、カエデの木々の広い影の下で
芝生のあちこちが茶色く枯れていきます。
今はどこにいてもわたしの相手は静寂だけ、

会う術がないのはわかっています。
あなたにとってわたしは存在しません。あなたは
わたしの名前に線を引いてしまわれた。

喪失だけが、わたしたちにあなたの力を
痛感させるものと思い込むなんて
あなたはどこまでわたしたちを軽蔑されるのですか、

白いユリを震わせる初秋の雨――

あなたが行く時、あなたは跡形もなく去ってしまうのです。
すべてのものから見る見る生気は奪われていく、

でも、すべての命が失われるのではありません。
わたしたちがあなたに背を向けることのないように。

VESPERS

Your voice is gone now; I hardly hear you.
Your starry voice all shadow now
and the earth dark again
with your great changes of heart.

And by day the grass going brown in places
under the broad shadows of the maple trees.
Now, everywhere I am talked to by silence

so it is clear I have no access to you;
I do not exist for you, you have drawn
a line through my name.

In what contempt do you hold us
to believe only loss can impress
your power on us,

the first rains of autumn shaking the white lilies——

When you go, you go absolutely,
deducting visible life from all things

but not all life,
lest we turn from you.

夕べの祈り

八月の終わり。熱気が
テントのように
ジョンの庭を覆う。そこにあるのは
この期に及んでのさばっている
鈴なりのトマト、遅咲きの
ユリの群生——その丈夫で
楽観的な茎——堂々とした
金銀の花。でもなぜ
こんなに終焉近く
何かを始めたりするのかしら？
もう決して熟すことのないトマト、
冬には枯れてしまうユリは
春になっても生き返りはしない。
もしやあなたは
わたしが先のことにばかり
囚われて生きているとお思いですか、
夏でもセーターを着る
老女のように？
生き延びる望みがなくても、
人生を謳歌できると
おっしゃるのですか？
赤い頬の燃える輝き、
白に真紅の染みをつけて
開いた喉の美しさ。

VESPERS

End of August. Heat
like a tent over
John's garden. And some things
have the nerve to be getting started,
clusters of tomatoes, stands
of late lilies——optimism
of the great stalks——imperial
gold and silver: but why
start anything
so close to the end?
Tomatoes that will never ripen, lilies
winter will kill, that won't
come back in spring. Or
are you thinking
I spend too much time
looking ahead, like
an old woman wearing
sweaters in summer;
are you saying I can
flourish, having
no hope
of enduring? Blaze of the red cheek, glory
of the open throat, white,
spotted with crimson.

日没

わたしの大きな喜びは
わたしに呼びかけるお前の声、たとえそれが
絶望の淵からであっても。悲しみは
わたしだとお前にわかる話し方で
答えてやれないこと。

自分の言語をまったく信用しない
お前は、正確に
判読するのが不可能な
しるしを尊重している。

それでもお前の声は絶えずわたしに届き、
わたしは答えることをやめない。
冬が終わりを迎えるように
わたしの怒りは過ぎ去るのだから。わたしの慈しみは
お前にはっきりと現れているはず——
夏の宵のそよ風の中に、
そして自分への答えになっている
お前自身の言葉の中に。

SUNSET

My great happiness
is the sound your voice makes
calling to me even in despair; my sorrow
that I cannot answer you
in speech you accept as mine.

You have no faith in your own language.
So you invest
authority in signs
you cannot read with any accuracy.

And yet your voice reaches me always.
And I answer constantly,
my anger passing
as winter passes. My tenderness
should be apparent to you
in the breeze of the summer evening
and in the words that become
your own response.

子守唄

もう休む時間だ。とりあえず
もう十分興奮を味わったはず。

夕暮れ、そして宵のはじめ。部屋の
あちこちで明滅を繰り返す蛍たち、
開いた窓に満ちていく深く甘美な夏の気配。

これらに思いを巡らせるのはもうやめて、
わたしの息づかいに、自分自身の息づかいに耳を澄ましなさい。
小さな呼吸は一つひとつ、蛍のように一瞬
煌めき、そこに世界が現れる。

お前の心をついに摑むほど、夏の夜を通して
わたしはもう十分歌ったはず。世界は
こんな一貫した幻想を見せてはくれない。

お前はわたしを愛するよう教えられなくてはいけない。人は
沈黙と暗闇を愛することを学ばなくてはならない。

LULLABY

Time to rest now; you have had
enough excitement for the time being.

Twilight, then early evening. Fireflies
in the room, flickering here and there, here and there,
and summer's deep sweetness filling the open window.

Don't think of these things anymore.
Listen to my breathing, your own breathing
like the fireflies, each small breath
a flare in which the world appears.

I've sung to you long enough in the summer night.
I'll win you over in the end; the world can't give you
this sustained vision.

You must be taught to love me. Human beings must be taught to love
silence and darkness.

銀のユリ

春のはじめのころのように、夜は再び
肌寒く、そして静かになりました。話しかけたら
お邪魔でしょうか？　あなたとわたしの他には
誰もいません。口をつぐむ必要はないのです。

庭の向こうに、見えますか——満月が昇ります。
わたしが次の満月を見ることはありません。

春に月が昇った時、時間は
果てしなく感じられました。スノードロップの花が
開いて閉じて、薄い色の房になった
カエデの種が旋回して落ちていきました。
白に白を重ねるように、月が白樺の梢にかかり、
幹が分かれてできた窪みに
最初の水仙の葉が、月の光で
淡く緑がかった銀色に見えました。

わたしたちは最期に向かって、もう最期を恐れる必要のないほど
遠くまで来てしまいました。こんな夜、最期が何かさえ
定かではないのです。そしてこれまでずっと男と一緒だったあなたは——

はじめの叫びのあと、
喜びとは、恐怖と同じで、音を立てないものでしょう？

THE SILVER LILY

The nights have grown cool again, like the nights
of early spring, and quiet again. Will
speech disturb you? We're
alone now; we have no reason for silence.

Can you see, over the garden——the full moon rises.
I won't see the next full moon.

In spring, when the moon rose, it meant
time was endless. Snowdrops
opened and closed, the clustered
seeds of the maples fell in pale drifts.
White over white, the moon rose over the birch tree.
And in the crook, where the tree divides,
leaves of the first daffodils, in moonlight
soft greenish-silver.

We have come too far together toward the end now
to fear the end. These nights, I am no longer even certain
I know what the end means. And you, who've been with a man——

after the first cries,
doesn't joy, like fear, make no sound?

九月の黄昏

わたしがお前たちを一つに集めた、
お前たちを省いてしまうこともできる——

この世界のお前たちの
混乱にはうんざりだ——
いつまでも生きとし生けるものに
手を差し伸べられるわたしではない。

お前たちを存在させるために
わたしが口を開き、小指を
上げて呼んだのだ、

野生のシオンの
光揺らめく青、
黄金の筋の入った
ユリの大輪——

来ては去っていくお前たち、やがて
わたしはその名前を忘れてしまう。

来ては去っていくお前たち、そのどれもが
何かしら欠点や
傷を抱えている。一つの人生を生きるのが
ふさわしく、それ以上のものではない。

わたしがお前たちを一つに集めた。
ただの練習、
捨てるための原稿の下書きのように
消してしまうこともできる、

最も深い悲しみのイメージとして、
お前たちはすでに完成したのだから。

SEPTEMBER TWILIGHT

I gathered you together,
I can dispense with you——

I'm tired of you, chaos
of the living world——
I can only extend myself
for so long to a living thing.

I summoned you into existence
by opening my mouth, by lifting
my little finger, shimmering

blues of the wild
aster, blossom
of the lily, immense,
gold-veined——

you come and go; eventually
I forget your names.

You come and go, every one of you
flawed in some way,
in some way compromised: you are worth
one life, no more than that.

I gathered you together;
I can erase you
as though you were a draft to be thrown away,
an exercise

because I've finished you, vision
of deepest mourning.

黄金のユリ

わたしは
死が迫っていること、そして
もう再び話せないこと、生き延びて
もう一度、まだ花ではなく、
粗い土のついた茎だけの自分を
地中から呼び起こしてもらえないことを
知っていて、あなたを呼ぶのです、
お父さま、ご主人さま——あたり一面、
仲間たちはみな、あなたが見ていないと思って
息も絶えそうです。あなたの救いなしに
どうして彼らにあなたの見ていることが
わかるでしょう？
夏の夕暮れ、あなたは
自分の子どもの恐怖が
聞こえるほど近くにいますか？　それとも
わたしを育てたあなたは
わたしの父ではないのですか？

THE GOLD LILY

As I perceive
I am dying now and know
I will not speak again, will not
survive the earth, be summoned
out of it again, not
a flower yet, a spine only, raw dirt
catching my ribs, I call you,
father and master: all around,
my companions are failing, thinking
you do not see. How
can they know you see
unless you save us?
In the summer twilight, are you
close enough to hear
your child's terror? Or
are you not my father,
you who raised me?

白いユリ

男と女が、自分たちの間に
星を植えたような
庭を作るように、ここの
二人は、夏の夕暮れが
恐怖で冷え切ってしまうまで
その場に残っている。すべては
荒れ果て、終わりを
迎えるかもしれない。何もかも全部
失われるかもしれない。かぐわしい空気に
細い茎の柱が
いたずらに立ち並び、その向こうに
湧き立つヒナゲシの海——

しーっ、静かに、愛する人よ。わたしには、あと
いくつの夏が残されていようとかまいません。
このひと夏、わたしたちは永遠の世界に入りました。
あなたの両の手が
わたしを埋め、命の輝きを解き放ったのです。

THE WHITE LILIES

As a man and woman make
a garden between them like
a bed of stars, here
they linger in the summer evening
and the evening turns
cold with their terror: it
could all end, it is capable
of devastation. All, all
can be lost, through scented air
the narrow columns
uselessly rising, and beyond,
a churning sea of poppies——

Hush, beloved. It doesn't matter to me
how many summers I live to return:
this one summer we have entered eternity.
I felt your two hands
bury me to release its splendor.

訳者あとがき

『野生のアイリス』は、2020年にノーベル文学賞を受賞したアメリカの詩人、ルイーズ・グリュック（アメリカでは「グリック」と発音するのが一般的）の六冊目の詩集である。1992年に出版され、その翌年にはピュリッツァー賞を受賞した。

　主な登場人物は、庭作りをする詩人、庭や野の草花、創造主である神。詩はそれぞれが舞台上で語るようなモノローグの形式で、詩人は朝や夕べの祈りを通して神にその存在を問いかけ、無情さを非難し、草花は詩人の悲しみに時には寄り添い、また時には彼女のエゴイスティックな振る舞いを批判し、神は自らの作品である被造物に悲嘆しつつ、愛情豊かな面を覗かせたり、というふうに様々な愛憎のドラマを展開していく。

　そしてこのドラマのメインの舞台は、エデンの園を彷彿とさせる庭。しかし永遠の楽園と違うのは、限りなく美しい地上の庭が、限りある時間の中に置かれている、という皮肉な事実だ。グリュックの詩集を貫く研ぎ澄まされた悲しみと緊張感は、そこに端を発している。

　わたしが初めてこの詩集に出会ったのは、二十年以上前、ハーバード大学で詩の創作のクラスにいたころだった。いわゆるオーディション方式で、自作の詩を提出し、受講者に選ばれた時は胸が高鳴ったが、尊敬する詩人の先生の言葉は冷めていた。「来週までに詩を一篇仕上げなさい。形式はなんでもいいが、愛や死、自分がいかにロンリーか、などについて書くのはやめろ」。つまり、陳腐な詩は願い下げということ。それはアメリカの現代詩の常識であり、チャレンジでもある。抽象的な言葉を極力避け、具体的な物や事を中心に詩を成立させる。その中でどうやって、どこまで、愛や死、孤独のように、人間にとって根源的な主題に迫ることができるのか。

　矛盾に悩んでいたわたしに、グリュックの詩は強烈な印象を与えた。「Soul／魂」というシニカルな物書きの間ではNGの言葉を使い、ある時は滑稽に、またある時は胸を突く切実さをもって、

有限の世界に置かれた、不変を求める魂の存在を描き出すという作風は、他では見られないものだった。そしてもちろん、グリュックの詩に衝撃を受けたのはわたしだけではなく、その人気は圧倒的で、現在活躍するアメリカの詩人の中で、彼女の作品から何らかの影響を受けなかった人間はいないといっていい。

　グリュックが二ヶ月という短い期間で書き上げた『野生のアイリス』は、彼女がインタビューで語っているように、二年間一篇の詩も書けなかった、詩人として長く辛い沈黙の後にやってきた奇跡のような詩集である。書けない間、巻頭詩のはじめの二行、「苦しみの果てに／扉があった」だけを頭の中で何度も繰り返し、庭に植える草花のカタログを眺めて過ごした詩人が再び書き始める姿は、冬中無言を強いられたアイリスの球根がついに地上に顔を出し、花を咲かせることで新たな声を獲得するという命のドラマに重なって見える。

　わたしはグリュックの詩を、友人に、学生に、そして自分自身に読み聞かせ、孤独と恐怖を見据えつつも、再生を示唆する予言的な響きを持った詩に勇気づけられてきた。このグリュックの声が、生きた身近なものとなって日本の読者に届くことが、翻訳者としてのわたしの願いである。

　グリュックの詩集三冊を取り上げたわたしの「現代詩と神話」の授業で、活発な議論を戦わせてくれたウィートン大学の学生たち、この詩集を訳すという稀有なチャンスを与えて下さったKADOKAWAの藤岡岳哉さん、たくさんの励ましと助言をいただいた編集部の松原まりさん、詩のように一見現実的ではない分野を追求しようとするわたしを、どこまでも温かく見守ってくれた両親に、心より感謝の言葉を述べたい。

2021年　初秋

野中　美峰

ブックデザイン
金澤浩二

装 画
ArtSklad

校正
あかえんぴつ

DTP
エヴリ・シンク

[著者略歴]

ルイーズ・グリュック
（Louise Glück）

20−21世紀アメリカを代表する詩人の一人。1943年、ニューヨーク生まれ。これまでに13冊の詩集と2冊のエッセイ集を発表している。ピュリッツァー賞をはじめ、全米図書賞、全米批評家協会賞、ボリンゲン賞、米国詩人協会のウォレス・スティーヴンズ賞など、数多くの賞を受賞。2003年から1年間、アメリカの桂冠詩人に任命される。2020年、ノーベル文学賞受賞。現在イェール大学で教鞭を執り、マサチューセッツ州東部のケンブリッジに暮らす。

[翻訳者略歴]

野中美峰 (のなか・みほ)

詩人、エッセイスト。1973年、東京都生まれ。ハーバード大学大学院東アジア言語文明学部修士号、コロンビア大学大学院創作科修士号取得ののち、ヒューストン大学大学院英文学部創作科博士課程修了。東イリノイ大学を経て、現在、ウィートン大学英文学部准教授。専攻は英米詩・創作。著書に *The Museum of Small Bones*（Ashland Poetry Press、2020年）, *Magical Realism and Literature*（共著、Cambridge University Press、2020年）, *American Odysseys: Writings by New Americans*（共著、Dalkey Archive Press、2013年）などがある。第四回中原中也賞最終候補。

野生のアイリス

2021年 9 月16日　初版発行

著者／ルイーズ・グリュック

翻訳／野中 美峰

発行者／青柳 昌行

発行／株式会社KADOKAWA
〒102-8177　東京都千代田区富士見2-13-3
電話　0570-002-301(ナビダイヤル)

印刷所／図書印刷株式会社

●お問い合わせ
https://www.kadokawa.co.jp/ (「お問い合わせ」へお進みください)
※内容によっては、お答えできない場合があります。
※サポートは日本国内のみとさせていただきます。
※Japanese text only

定価はカバーに表示してあります。

©Miho Nonaka　2021　Printed in Japan
ISBN 978-4-04-605366-4　C0098